Cálamo

Revisão: Marcelo F. Lotufo e Rodrigo A. do Nascimento
Design miolo: Marcelo F. Lotufo
Design capa: Helena Freddi

Cálamo/ Walt Whitman trad. Eric Mitchell Sabinson.
São Paulo: Edições Jabuticaba, 2016.

ISBN: 978-85-93478-02-4

CDD: 821

ISBN 978-8593478024

Edições Jabuticaba
www.ediçõesjabuticaba.com.br
www.facebook.com.br/Edjabuticaba

Cálamo

Walt Whitman

tradução

Eric Mitchell Sabinson

jabuticaba

Índice de poemas

Por caminhos nunca desbravados 11
Ervagem cheirosa do meu peito 12
Seja quem for que me segure pela mão 14
Para você, oh Democracia 16
Estes que colho cantando na primavera 17
Não apenas soluçando das costelas do meu peito 19
Sobre a terrível dúvida das aparências 20
A base de toda a metafísica 21
Cronistas de eras longínquas 22
Quando soube, no final do dia 23
Você é mais um que sente atração por mim? 24
Raízes e folhas são nada mais 25
Nem o calor lança chamas e consome 26
Gotas escorrendo devagarinho 27
Cidade de orgias 28
Veja este rosto moreno 29
Vi crescendo na Louisiana um carvalho 30
A um forasteiro 31
Neste momento, eu pensativo e cheio de desejo 32
Ouvi que me acusaram 33
Empurrando para os lados o mato do prado 34
Quando examino a fama conquistada 35
Nós dois rapazes se agarrando 36
Uma promessa à Califórnia 37
Aqui minhas folhas mais fracas 38
Nenhuma máquina para economizar trabalho 39

Índice de poemas

Um olhar de relance 40
Uma folha para mãos dadas 41
Terra, minha sósia 42
Sonhei num sonho 43
Você sabe por que empunho a caneta? 44
Para o leste e para o oeste 45
Às vezes com aquele que amo 46
Para um rapaz do oeste 47
Ancorado com firmeza, oh amor eterno! 48
Dentro da multidão 49
Oh você, que em silêncio procuro frequentemente 50
Aquela sombra, minha sósia 51
Agora cheio de vida 52

Os poemas homoeróticos de *Cálamo* foram publicados na terceira edição de *Folhas de Relva*, em maio de 1860. Dentro de um ano os Estados Unidos seriam tomados por uma guerra civil que duraria quatro anos e mataria aproximadamente 620.000 soldados. Walt Whitman, em versos que ele cortou para as edições posteriores, imaginava laços íntimos entre homens de todas as regiões da América do Norte. Para o poeta, o carinho resolveria os problemas da liberdade, cuja existência dependeria dos amantes. O projeto literário de *Cálamo* se explicita no primeiro poema. Whitman está determinado a cantar apenas canções sobre a união entre machos. Pretende celebrar especificamente o anseio de ter companheiros.

Há uns dez anos um colega do Instituto de Estudos da Linguagem me emprestou uma tradução portuguesa da poesia de Walt Whitman, elogiando-a por ser menos enrolada do que as brasileiras. E realmente o verso da tradutora portuguesa parecia lúcido, depois da leitura de umas páginas, quando o ouvido já se acostumou à musicalidade lusitana. As traduções brasileiras ficam, às vezes, obcecadas com a palavra correta, que pode ser a palavra que o tradutor acha mais poética. Esquece-se de que qualquer tradução é sempre uma prótese colocada no lugar de algo que não serve: a ideia não é a de criar dentes ou membros individuais de grande esmero, mas somente a de fabricar uma dentadura funcional que não dê bandeira ou uma perna mecânica que não coxeie. Entretanto, há possíveis distorções no ato tradutório que não decorrem das excentricidades do tradutor individual, mas remetem aos recalques da cultura. O tradutor de *Folhas de Relva*, publicada pela Martin Claret, inventa uma namorada para beijar o poeta: "E, contudo, uma mulher de Manhattan que vive em festas me beija levemente nos lábios com amor robusto". Acontece que nos versos de *Cálamo* apenas uma vez uma mulher é mencionada como parceira, e ela fica em casa quando o poeta sai com o homem de sua vida errante. São os homens que se beijam, e com uma certa frequência. Oxalá que as personagens masculinas na televisão brasileira tenham a mesma liberdade que tiveram os companheiros de Whitman há mais de um século e meio.

E os poemas que o leitor encontrará nas próximas páginas? Antes de comprar esse livro, ele precisa saber que o tradutor é nova-iorquino. Não há garantia de que os versos sejam, de alguma maneira, superiores ao produto nacional porque, afinal de contas, são também um produto nacional, mesmo que os ingredientes sejam importados, como uma garrafa de escocês Passport nos anos 70 ou um engenhoca montada numa fábrica da zona franca de Manaus. Na adolescência tive a oportunidade de ouvir The Rolling Stones, Ike and Tina Turner e B. B. King ao vivo em Madison Square Garden. Contudo, se eu estiver em Pirassununga numa noite chuvosa, e uma banda local fizer um show cover, posso assistir de bom grado. Com certeza um tributo feito com amor será superior a um show com os velhos Stones, que estão caducando há décadas.

Ora, a tradução de um poema não é somente prótese. É também *cover*, um trabalho respeitável, que dá continuidade e renovação à cultura do passado. Quando releio meu trabalho, sei que estou no Brasil e estou feliz. Whitman entenderá. "Saúdo-te, Walt, saúdo-te, meu irmão em Universo".

Eric Mitchell Sabinson

Cálamo

Por caminhos nunca desbravados,
Por dentro da mata nas margens dos lagos,
Tendo escapado da vida exibicionista,
De todos os critérios já publicados, dos prazeres, dos lucros, das conformidades,
De tudo o que por um longo tempo eu oferecia à alma para alimentá-la,
Agora patentes para mim critérios inéditos, patente para mim que a minha alma,
Que a alma do homem por quem falo exulta nos companheiros,
Aqui, sozinho, longe do retinir do mundo,
Em harmonia com as línguas aromáticas que me falam,
Sem ficar acanhado (pois neste lugar isolado, posso responder como não ousaria em outra parte),
Intensa em mim é a vida que não faz alarde, embora contenha todo o resto,
Resoluto hoje a não cantar a não ser canções da união entre machos,
Projetando-as ao longo daquela vida substancial,
Legando assim formas de um amor atlético,
Na tarde do delicioso nono mês dos meus quarenta e um anos,
Para todos que são ou foram rapazes,
Sigo dizendo o segredo dos meus dias e noites,
Para celebrar o anseio de ter companheiros.

Ervagem cheirosa do meu peito,
Em você, colho folhas, escrevo, relendo-as somente depois,
Folhas-túmulos, folhas-corpos, crescendo além de mim e além da morte,
Raízes perenes, folhas altas, Oh o inverno não vai torná-las gelo,
oh folhas delicadas,
Vocês vão florescer todos os anos, renascer do lugar de onde
ficaram dormindo,
Oh, não sei se a multidão que passa por aqui vai descobri-las e sentir o
seu cheiro suave, mas acredito que algumas pessoas vão.
Oh, folhas magras! Oh, flores do meu sangue! Eu lhes permito que
relatem, a seu modo, o coração que há debaixo de vocês,
Oh, não sei o que vocês mesmas significam lá embaixo, mas não são
a felicidade,
Frequentemente vocês são mais amargas do que posso aguentar,
vocês me queimam e me ferem,
Mesmo assim, vocês me parecem belas, raízes levemente colori-
das, me fazem pensar na morte,
Recebida de vocês, a morte é bonita, (afinal, o que é mesmo
bonito senão a morte e o amor?)
Oh, não é para a vida, penso eu, que canto minha canção dos aman-
tes, penso que devo estar cantando para a morte,
Pois como se torna calma e solene para se alçar à atmosfera dos amantes,
Morte ou vida, sou indiferente, minha alma se recusa a ter uma preferência,
(Pode ser que a alma sublime dos amantes prefira a morte),
Na verdade, Oh morte, agora penso que você e estas folhas significam
exatamente o mesmo,
Cresçam mais, folhas doces, que eu possa vê-las! brotem do meu peito!
Afastem-se do coração aí oculto!
Não se dobrem dentro de suas raízes rosadas, folhas tímidas,
Não fique lá embaixo tão envergonhada, ervagem do meu peito!
Venham, estou determinado a despir este meu peito largo que por
muito tempo silenciei e sufoquei;

Lâminas emblemáticas e caprichosas, abandono vocês, não me
servem mais,

Direi o que preciso dizer sem adornos,
Vou sondar a mim e aos meus companheiros, nunca mais farei um apelo que não seja o deles,
Com ele, provocarei reverberações imortais através dos Estados,
Serei exemplo para os amantes de forma e de vontade permanentes através dos Estados,
Através de mim, serão ditas as palavas que farão da morte uma carga de energia,
Me dê então a sua música, Oh morte, para que possamos estar em harmonia,
Me dê o seu próprio ser, pois agora vejo que você me pertence acima de tudo, e somos entrelaçados, você é o amor e a morte,
Nem vou mais deixar que você me negue aquilo que eu chamava de vida,
Pois agora entendo que você é a proposta essencial,
Que você se esconde nestas formas instáveis da vida, e faz sentido que elas existam principalmente para você,
Que você aparece por trás delas para permanecer, a verdadeira realidade,
Que por trás da máscara da materialidade, você espera com paciência, não importa quanto tempo,
Que um dia você talvez vá tomar conta de tudo,
Que talvez faça desaparecer este show de aparências,
Que talvez seja para você que tudo existe, que não dura por muito tempo,
Mas você vai durar por muito tempo.

Seja quem for que me segure pela mão,
Se uma coisa faltar, tudo será inútil,
Eu lhe dou um aviso amigável, antes que você continue tentando,
Não sou o que você acha, mas muito diferente.

Quem é aquele que quer se tornar meu seguidor?
Quem se candidata ao meu afeto?

O caminho é suspeito, o resultado imprevisível, talvez destruidor,
Você terá que abandonar todo o resto, apenas eu serei sua única
e exclusiva lei,
Mesmo assim o seu noviciado será longo e cansativo,
Você terá que abandonar toda a teoria do seu passado, e toda
conformidade às vidas ao seu redor,
Então me solte agora, sem mais se amolar por minha causa, tire
a mão dos meus ombros,
Me largue e vá embora.

Senão de emboscada dentro do mato, como prova,
Ou atrás de uma pedra ao ar livre,
(Porque não apareço nos cômodos de uma casa, sob telhados,
nem quando há outras pessoas presentes,
E nas bibliotecas, permaneço sem língua, um bruto, ou um feto,
ou um morto,)
Mas talvez com você, no topo de um morro alto, primeiro atentan-
do para que de repente ninguém chegue mais perto,
Ou com você, velejando no oceano, ou na praia de um mar ou
numa ilha tranquila,
Talvez aqui eu permita que você ponha seus lábios nos meus,
Com o beijo demorado do companheiro ou do novo marido,
Pois sou o novo marido e sou o companheiro.

Ou, se você quiser, me empurrando para debaixo da sua roupa,
Onde sentirei a pulsação do seu coração ou me deitarei no seu quadril,
Me carregue quando partir sobre a terra e o mar;

Porque simplesmente tocar em você é suficiente, é o melhor de tudo,
E assim, tocando em você, vou dormir silenciosamente, carregado
eternamente.

Mas estas folhas traiçoeiras o guiam perigosamente,
Porque você não vai me entender, não vai entender as folhas,
Elas vão enganá-lo no começo, e ainda mais no fim, com certeza
vou me esconder de você,
E se depois de um tempo você pensar que me pegou, veja!
Já está vendo que me perdeu.

Porque não é por aquilo que coloquei no livro que o escrevi,
Nem pela leitura você o alcançará,
Nem aqueles que bem me conhecem, que me admiram e me
louvam até os céus,
Nem os candidatos ao meu amor (a não ser, no máximo, uns
poucos) serão vitoriosos,
Nem os meus poemas farão somente o bem, farão igualmente o
mal, talvez mais,
Porque tudo é inútil sem aquilo que você frequentemente tenta adivi-
nhar e não consegue acertar, apesar das minhas dicas,
Então me solte, e siga seu rumo.

Venha, farei do continente indissolúvel,
Farei a raça mais esplêndida sobre a qual o sol já brilhou,
Farei divinas terras magnéticas,
Com o amor de companheiros,
Com o amor eterno dos companheiros.

Plantarei um companheirismo tão denso quanto as árvores ao longo de todos os rios da América, e ao longo das margens dos grandes lagos, e cobrindo os campos.
Farei cidades inseparáveis, os braços de cada uma jogados ao redor do pescoço da outra,
Pelo amor de companheiros,
Pelo amor macho de companheiros.

De mim para você, Oh Democracia, para servi-la, ma femme!
Para você, por você gorjeio estas canções.

Estes que colho cantando na primavera para os amantes,
(Quem mais, além de mim, iria compreender os amantes com todas as suas tristezas e alegrias?
E quem mais, além de mim, seria o poeta dos companheiros?)
Colhendo, atravesso o jardim do mundo, mas logo passo pelos portões,
Agora ao longo da margem do lago, agora entrando um pouco nele, sem medo de me molhar,
Agora ao lado da cerca de madeira onde se acumulam as velhas pedras apanhadas dos campos e jogadas ali,
(Trepadeiras, flores silvestres e ervas daninhas brotam por entre as pedras e as cobrem parcialmente, e vou andando, e as deixo para trás,)
Dentro, para dentro da floresta, ou vagando no final do verão, antes de resolver para onde ir,
Solitário, sentindo o cheiro da terra, parando de vez em quando no silêncio,
Sozinho, pensei, mas logo um bando se forma ao meu redor,
Uns andam ao meu lado e outros me seguem, e uns trançam o braço com o meu ou o descansam no meu pescoço.
Eles, os espíritos de queridos amigos vivos ou mortos, uma multidão que fica cada vez mais densa, e eu no meio,
Colhendo, compartilhando, cantando, lá passeio com eles,
Tirando algo como lembranças, jogando-as para quem está mais perto,
Aqui, lilás, com um graveto de pinheiro,
Aqui, do meu bolso, um pedacinho de musgo comprido que arranquei de um carvalho vivo na Flórida,
Aqui, cravos e folhas de louro, e um punhado de sálvia,
E aqui, o que retiro da água, nadando no raso do lago,
(Oh foi aqui que vi pela última vez o homem que me ama carinhosamente, e agora ele volta para nunca mais se separar de mim,
E esta, oh esta raiz será para sempre a prova dos companheiros, o cálamo,
Rapazes, dividam esta raiz de cálamo um com o outro, que ninguém a recuse!)
E os gravetos de bordo e punhados de flores de laranjeira selvagem e de castanheira,

E cachos de groselhas e flores de ameixeira, e o cedro aromático,
Estes distribuo através de uma densa nuvem de espíritos,
Andando, mostrando ou pondo a mão quando passo, ou os jogando com leveza,
Apontando para cada um o que vai receber, dando algo para cada um;
Mas o que retirei da água na margem do lago fica para mim,
Posso dá-lo, mas apenas para aqueles que amam como eu mesmo sou capaz de amar.

Não apenas soluçando das costelas do meu peito,
Nem nos suspiros noturnos, eu enraivecido e insatisfeito comigo
mesmo,
Nem naqueles longos suspiros mal reprimidos,
Nem nos juramentos e nas promessas quebrados,
Nem na determinação da minha alma selvagem e voluntariosa,
Nem no sustento sutil do ar,
Nem na pulsação e nos batimentos fortes nas têmporas e nos pulsos,
Nem nas curiosas sístoles e diástoles interiores que um dia vão parar,
Nem nos muitos corrosivos desejos revelados somente aos céus,
Nem no choro, no riso, na rebeldia que boto fora quando estou
sozinho no mato,
Nem na densa respiração ofegante através de dentes cerrados,
Nem nas palavras proferidas e reproferidas, palavras que tagare-
lam, ecos, palavras mortas,
Nem nos sussurros dos meus sonhos enquanto durmo,
Nem nos outros sussurros destes sonhos incríveis de todo dia,
Nem nos membros e nos sentidos do meu corpo que absorvem
e desprezam você constantemente -- nem aí,
Nem em qualquer um ou todos eles Oh apego, Oh pulsação da
minha vida!
Preciso que você exista e se mostre aqui nestas canções.

Sobre a terrível dúvida das aparências
Da incerteza de que possamos estar, afinal, enganados,
De que talvez a segurança e a esperança sejam meras especulações,
Que talvez a identidade além da cova seja apenas uma bela fábula,
Talvez as coisas que percebo, os animais, as plantas, os homens, as colinas, e o fluxo das águas brilhantes,
Os céus do dia e da noite, as cores, as densidades, as formas, talvez esses (por mais certos que pareçam) sejam meras aparições, e a coisa real ainda por descobrir,
(E quantas vezes surgem de si mesmos para gozar da minha cara e me confundir!
E quantas vezes penso que nem eu, nem ninguém, sabe nada deles,)
Uma vez me parecendo ser o que são (pois assim se parecem mesmo, sem dúvida), do meu ponto de vista atual, e talvez possam não ser nada do que aparentam ser (não era para menos), ou até mesmo nada, de um ponto de vista completamente diferente;
A meu ver essas dúvidas e outras parecidas são curiosamente respondidas pelos meus amantes, meus queridos amigos,
Quando aquele que amo viaja comigo ou fica ao meu lado segurando minha mão por um longo tempo,
Quando estamos cercados e embebidos pelo ar sutil, pelo imaterial, pela sensação de que as palavras e a razão não fazem sentido,
Então fico carregado com uma sabedoria imensa e indizível, fico em silêncio, não preciso de mais nada,
Não posso resolver a questão das aparências ou a da identidade além da cova,
Apenas vou caminhando ou fico sentado indiferentemente, estou satisfeito,
Aquele que segura minha mão me satisfez por completo.

E agora, meus senhores,
Ofereço algumas palavras a serem guardadas em sua mente e memória,
Como o princípio e também como o fim de toda a metafísica.

(Assim falou o velho mestre aos alunos,
Ao encerrar o curso, a sala lotada).

Depois de ter estudado o novo e o antigo, os sistemas grego e germânico,
Estudado e apresentado Kant, Fichte, Schelling e Hegel,
Apresentado os conhecimentos de Platão e de Sócrates, o segundo maior do que o primeiro.
Examinado longamente e apresentado o Cristo divino, ainda maior do que Sócrates,
Hoje vejo, recordando aqueles sistemas grego e germânico,
Vejo as filosofias todas, vejo as igrejas cristãs com suas doutrinas,
Mas vejo subjacente a Sócrates e subjacente ao Cristo divino,
O amor carinhoso do homem pelo seu companheiro, o apego do amigo pelo amigo,
Do marido e da esposa bem casados, dos filhos e dos pais,
Da cidade pela cidade e da terra pela terra.

Cronistas de eras longínquas,
Venham, desceremos por baixo deste exterior impassivo, eu lhes direi o que precisam dizer de mim,
Publiquem meu nome e pendurem meu retrato como o daquele que é o amante mais doce,
Amigo retrato do amante, de quem o amante mais gostava,
Que não se orgulhava das suas canções, mas do imensurável oceano de amor dentro dele mesmo, derramando-o livremente,
Que frequentemente andava solitário, pensando nos seus amigos queridos, os seus amantes,
Que, pensativo, longe do amado, às vezes descontente não dormia durante a noite,
Que conhecia muito bem o medo doentio de que o amado fosse serecretamente indiferente,
Cujos dias mais felizes aconteceram passeando nos campos distantes, no mato, nos morros, ele e um outro vagando de mãos dadas, os dois afastados dos outros homens,
Que frequentemente passeava pelas ruas abraçando o seu amigo, um braço apoiado no ombro do amigo, enquanto o braço do amigo também descansava nele.

Quando soube, no final do dia, que meu nome fora louvado no capitólio,
mesmo assim não me senti feliz naquela noite,
E quando enchi a cara, ou quando realizei os meus planos, mesmo
assim não me senti feliz,
Mas no dia em que, com o raiar do sol, me levantei da cama, com
saúde perfeita, descansado, cantando, sentindo o
cheiro do bafo do outono,
Quando, no oeste, vi a lua cheia empalidecer e sumir na alvorada,
Quando andava sozinho na praia, e entrava no mar sem roupa,
rindo com a água fria, e vi o sol nascer,
E quando pensei que o meu querido amigo, meu amante ia chegar,
Oh neste momento me senti feliz,
E então cada inspiração tinha um sabor mais doce, e durante o
dia inteiro a comida me alimentava melhor, e o dia
lindo acabou bem,
E o dia seguinte veio com a mesma alegria, e na tarde seguinte
chegou meu amigo,
E durante a noite, quando tudo estava em silêncio, ouvi as ondas
subindo contínua e lentamente na praia,
Ouvia o sussurro do líquido e da areia murmurando felicitações,
Porque aquele que mais amo dormia comigo na noite fria debaixo
do mesmo cobertor,
No silêncio do luar do outono, seu rosto se virava para mim,
E seu braço repousava no meu peito -- e nessa noite eu me senti feliz.

Você é mais um que sente atração por mim?
Para começar, tenha cuidado, pode ter certeza de que sou bem diferente do que você imagina;
Você imagina que encontrará em mim seu ideal?
Acha muito fácil que eu me torne seu amante?
Acha que minha amizade será pura satisfação sem mácula?
Acha que sou confiável e leal?
Não vê nada além desta fachada, desta maneira minha de ser charmoso e tolerante?
Acha que está marchando em terra firme na direção de um verdadeiro homem heroico?
Nunca desconfiou, Oh sonhador, de que talvez seja tudo ilusão, maya?

Raízes e folhas são nada mais do que esses,
Cheiros trazidos do mato selvagem e da margem da lagoa para os
homens e as mulheres,
Azeda-miúda e cravina, dedos que enlaçam com mais força do que
as videiras,
Jorram das goelas dos pássaros escondidos na folhagem das árvores
enquanto o sol nasce,
Brisas da terra e do amor que sopram das margens vivas sobre o
mar vivo, até vocês, até vocês Oh marinheiros!
Mirtilos maduros pela geada e crocos sendo oferecidos aos jovens que
passeiam pelos campos quando o inverno desmancha,
Brotos de amor antes de e dentro de você, quem quer que seja,
Brotos para desabrochar no velho estilo,
Se você trouxer o calor do sol, eles se abrirão para lhe revelar
forma, cor, perfume,
Se você se tornar o alimento e a comida, se transformarão em
flores, frutas, grandes ramos e árvores.

Nem o calor lança chamas e consome,
Nem o rápido vaivém das ondas,
Nem o delicioso ar seco, o ar do pleno verão, carrega levemente
    os cotões de miríades de sementes,
Pairando, velejando graciosamente para cair em qualquer lugar;
Nem estes, Oh nada disto mais do que as minhas chamas que
    consomem, que ardem pelo amor daquele que amo,
Ninguém mais do que eu num rápido vaivém;
Será que a maré se apressa em busca de algo, e nunca desiste?
    Oh, sou assim também;
Oh nem os cotões, nem os perfumes, nem as nuvens altas prenhes
    de chuva são mais carregados pelo ar livre,
Do que a minha alma é carregada pelo ar livre,
Pairando em todas as direções, oh amor, para a amizade, para você.

Gotas escorrendo devagarinho! saindo das minhas veias azuis!
Oh pingos de mim! escorram, gotas lentas,
Pinguem, gotas ensanguentadas, caindo de mim, eu cândido,
De feridas infligidas para livrá-las do lugar onde estavam encarceradas,
Do meu rosto, da minha testa e lábios,
Do meu peito, de dentro do lugar onde eu me escondia, lanço gotas
vermelhas, gotas de confissão,
Manchem cada página, manchem todas as minhas canções, cada
palavra que digo, gotas sangrentas,
Que as canções conheçam seu calor escarlate, que elas brilhem,
Sature-as com você, todo úmido e envergonhado,
Iluminem tudo que escrevi ou escreverei, gotas que sangram,
Revelem tudo dentro de sua luz, gotas que ruborizam.

Cidade de orgias, passeios e alegrias,
Cidade a quem um dia tornarei ilustre porque vivi e cantei em você,
Nem seus quadros vivos, nem os cenários mecânicos, seus espetáculos, me recompensam,
Nem as fileiras intermináveis de casas geminadas, nem os navios nas docas,
Nem as procissões nas ruas, ou as vitrines iluminadas cheias de mercadorias,
Nem as conversas com os eruditos, ou a minha parte nas festas e nas baladas;
Nem aqueles, mas enquanto passeio, Oh Manhattan, suas frequentes secadas, que me oferecem amor,
Que respondem às minhas -- estas me recompensam,
Amantes, sempre os amantes, apenas eles me recompensam.

Veja este rosto moreno, estes olhos cinzentos,
Esta barba, a lã branca que não foi aparada no pescoço,
Minhas mãos morenas e minhas maneiras silenciosas sem charme,
Mas aparece um manhattanense, e sempre na hora de ir embora, me
beija levemente nos lábios com um amor robusto,
E ao atravessar a rua ou no convés do navio devolvo o beijo,
Observamos essa saudação dos companheiros americanos na
terra e no mar,
Somos duas pessoas naturais e indiferentes.

Vi crescendo na Louisiana um carvalho,
Estava lá sozinho e o musgo descia dos seus ramos,
Sem companheiro, lá ficou crescendo, proferindo folhas alegres
de verde-escuro,
E seu aspecto rude, obstinado e vigoroso, me fez lembrar de
mim mesmo,
Mas fiquei admirado de como podia proferir folhas alegres uma
vez que estava sozinho, sem seu amigo por perto,
pois eu sabia que não ia conseguir,
E arranquei um graveto com umas folhas agarradas, e enrolei nele
uma tirinha de musgo,
E o trouxe comigo, deixando-o à vista no meu quarto,
Não preciso dele para me fazer relembrar dos meus queridos amigos,
(Pois ultimamente não penso em mais nada além deles, creio eu,)
Contudo, permanece uma lembrancinha estranha, me faz pensar
no amor entre machos;
Pois mesmo assim, e mesmo que num campo vasto o carvalho
brilhe sozinho lá em Louisiana,
Proferindo suas folhas alegres por toda a vida sem um amigo,
sem um amante por perto,
Sei muito bem que não posso ser assim.

Forasteiro que passa! você não sabe que o observo com tanto desejo,
Você tem que ser aquele que eu procurava ou aquela que eu procurava (isto sei como se fosse algo de um sonho,)
Nalgum lugar, com certeza, vivi uma vida feliz com você,
Tudo é relembrado quando nos cruzamos na rua, nós espontâneos, carinhosos, castos, maduros,
Você cresceu junto comigo, foi um menino ou uma menina comigo,
Comi com você e dormi com você, seu corpo não é mais somente seu nem deixou meu corpo somente meu,
Quando passamos um pelo outro, você me dá o prazer de seus olhos, do seu rosto, da sua carne, e em troca, se apossa da minha barba, do meu peito, das minhas mãos,
Não posso falar com você, é para eu pensar em você quando estou só ou quando durante a noite acordo só,
É para eu esperar, não tenho dúvida de que nos encontraremos de novo,
É para eu me precaver de não perder você.

Neste momento, sentado aqui sozinho, eu pensativo e cheio de desejo,
Me parece que há homens pensativos e cheios de desejo em outras
terras,
Me parece que posso olhar para o outro lado e vê-los na Alemanha,
na Itália, na França, na Espanha,
Ou longe, muito longe, na China, ou na Rússia ou no Japão, falando
outros dialetos,
E me parece que se eu conhecesse aqueles homens, ficaria tão apegado
a eles quanto aos homens aqui da minha terra,
Oh, sei que seríamos irmãos e amantes.
Sei que estaria feliz com eles.

Ouvi que me acusaram de querer destruir as instituições,
Mas realmente não estou nem contra nem a favor das instituições,
(Pois é. O que tenho em comum com elas? ou com sua destruição?)
Apenas pretendo estabelecer, em Mannahatta, e em todas as
cidades destes Estados no interior e no litoral,
E nos campos e nos matos, e sobre qualquer barco pequeno ou
grande que corta as águas,
Sem edifícios, regras, administradores ou qualquer discussão,
A instituição do amor carinhoso entre companheiros.

Empurrando para os lados o mato do prado, sentindo seu cheiro especial,
Exijo dele a correspondência espiritual.
Exijo dele o companheirismo mais farto e íntimo entre homens,
Exijo que as lâminas da relva apareçam através das palavras, dos atos,
dos seres,
Aqueles do ar livre, ásperos, ensolarados, frescos, nutritivos,
Aqueles que seguem seu próprio rumo, eretos, pisando com liberdade
e comando, líderes, não seguidores,
Aqueles com uma ousadia que nunca se apaga, aqueles com carne
robusta, incorrupta,
Aqueles que olham indiferentemente para as caras de presidentes e
governadores como se fossem perguntar Quem são
vocês?
Aqueles da paixão terrestre, simples, nunca constrangidos, nunca
obedientes,
Aqueles do interior da América.

Quando examino a fama conquistada pelos heróis e as vitórias dos generais poderosos, não invejo os generais,
Nem o presidente na sua presidência, nem o rico no seu casarão,
Mas quando fico sabendo da irmandade dos amantes, como foi com eles,
Como ficaram juntos ao longo da vida sempre constantes, nos perigos, nas desgraças,
Na juventude e na meia-idade e na velhice, sem hesitar, como foram carinhosos e leais,
Então, fico pensativo — vou-me embora rapidamente, abarrotado com a mais amarga inveja.

Nós dois rapazes se agarrando,
Um nunca abandonando o outro,
Subindo e descendo as estradas, fazendo excursões para o norte
e o sul,
Curtindo o poder, cotovelos esticados, dedos entrelaçados,
Armados e destemidos, comendo, bebendo, dormindo, amando,
Sem outra lei a não ser a de nós mesmos sendo donos, marinheiros,
soldados, ladrões, valentes,
Avarentos, criados servis, padres assustadores, respirando o ar,
bebendo a água, dançando na grama ou na praia,
Deslocando as cidades, desprezando o conforto, zoando as estátuas,
botando a idiotice para correr,
Levando a cabo nossa investida.

Uma promessa à Califórnia
Ou às grandes planícies campestres do interior, e ainda mais distantes, ao braço de Puget e Oregon;
Ainda permanecendo no leste mais um pouquinho, logo viajo para vocês de vez, para ensinar o robusto amor americano,
Porque sei muito bem que eu e o robusto amor americano precisamos ficar entre vocês, no interior, e ao longo do mar do oeste;
Porque estes Estados se inclinam para o interior e para o mar do oeste, e eu também.

Aqui minhas folhas mais fracas, e mesmo assim as mais duradouras,
Aqui jogo sombra e escondo meus pensamentos, eu não as exponho,
E mesmo assim elas me expõem mais do que todos os meus outros poemas.

Não construí nenhuma máquina para economizar trabalho,
Não fiz descoberta científica alguma,
Nem farei doação milionária para fundar um hospital ou uma biblioteca,
Nenhuma reminiscência de qualquer ato corajoso em defesa da América,
Nenhum sucesso literário ou intelectual, nenhum livro para as estantes,
Vou deixar apenas alguns cânticos vibrando pelo ar,
Para companheiros e amantes.

Um olhar de relance, visto através de um interstício,
De um bando de trabalhadores e cambiteiros na taverna, em volta
de um fogão de lenha, numa madrugada gelada, e eu
sentado num canto, despercebido,
De um rapaz, que me ama e que amo, chegando silenciosamente
para se sentar ao meu lado, e segurando minha mão,
Por muito tempo em meio ao barulho de gente entrando e saindo,
entre porres e palavrões e sacanagens,
Nós dois ali, contentes, felizes por estarmos juntos, falando pouco,
talvez nenhuma palavra.

Uma folha para mãos dadas;
Vocês, pessoas naturais, velhas e jovens!
Vocês que navegam pelo Mississippi e por todos os afluentes e
pântanos do Mississippi!
Vocês, barqueiros e mecânicos amigos! vocês, seus bagunceiros!
Vocês dois! e todos os cortejos que andam pelas ruas!
Quero me infundir entre vocês até que vire praxe andar de mãos dadas.

Terra, minha sósia,
Embora você pareça tão impassível, aí toda ampla e redonda,
Agora desconfio que isso não é tudo;
Agora desconfio que há algo feroz em você, capaz de estourar,
Porque um atleta está apaixonado por mim, e eu por ele,
Mas por ele sinto que há algo de feroz e terrível em mim, capaz de estourar,
Não me atrevo contá-lo em palavras, nem mesmo nestas canções.

Sonhei num sonho que eu via uma cidade invencível aos ataques
de todo o resto da terra,
Sonhei que era a nova cidade de amigos,
Lá não havia nada mais presente do que a qualidade do amor
robusto, que guiava o resto,
Que se via toda hora nas ações dos homens da cidade,
E em todos os seus olhares e palavras.

Você sabe por que empunho a caneta? Para contar
De uma nau de guerra, exemplar perfeito, majestosa, que vi passar hoje ao longo do litoral, com todas as velas desfraldadas?
Dos esplendores do dia que passou? ou do esplendor da noite que me envolve?
Ou da glória gabada e do crescimento da grande cidade que se espalha à minha volta? -- não;
Somente de dois homens simples que vi hoje nas docas, no meio da multidão, despedindo-se com a despedida dos caros amigos,
Um pendurado no pescoço do outro para lhe dar um beijo apaixonado,
Enquanto o outro, o que ia viajar, apertava nos seus braços o que ia ficar.

Para o leste e para o oeste,
Para o homem do estado à beira-mar e o da Pensilvânia,
Para o kanadense do norte, para o sulista que amo,
Retratando a todos vocês com uma confiança perfeita, como se
fossem eu, as sementes estão em todos os homens,
Acredito que o propósito básico destes Estados seja estabelecer uma
amizade magnífica, exaltada, desconhecida até agora,
Porque percebo que está esperando, e sempre esperava, latente
em todos os homens.

Às vezes com aquele que amo fico enfurecido comigo mesmo,
temendo que eu esteja espalhando um amor não
correspondido,
Mas agora acho que não existe amor não correspondido, a
recompensa é certa, de um jeito ou de outro,
(Amei ardentemente certa pessoa e meu amor não foi
correspondido,
Mas, a partir disso, escrevi estas canções).

Ensino muitas coisas para você absorver, e que vão ajudá-lo a ser
um aluno meu;
Mas se não circulasse nas suas veias sangue igual ao meu,
Se você não fosse escolhido silenciosamente por amantes, e se não
os escolhesse silenciosamente,
De que adiantaria querer ser aluno meu?

Ancorado com firmeza, oh amor eterno, oh mulher que amo!
Oh noiva! oh esposa! mais irresistível do que posso dizer, a ideia de você!
Depois se separe, desencarnado ou renascido,
Etéreo, a última realidade atlética, minha consolação,
Ascendendo, flutuo nas regiões de seu amor, Oh homem,
Oh parceiro da minha vida errante.

Dentro da multidão, entre os homens e as mulheres,
Percebo aquele que me escolhe por sinais secretos e divinos,
Não reconhece mais ninguém, nem pai, nem mãe, nem mulher,
nem marido, nem irmão, nem filho, nem qualquer
um mais próximo do que eu,
Uns ficam perplexos, mas aquele não fica -- aquele me conhece.
Ah amante, e meu igual perfeito,
Eu quis que você me descobrisse através de indiretas sutis,
E quando nos encontrarmos, pretendo descobri-lo através do mesmo
em você.

Oh você, que em silêncio procuro frequentemente, para que eu possa
ficar com você,
Enquanto ando ao seu lado ou me sento perto, ou estamos na mesma
sala,
Você nem imagina o fogo elétrico sutil vibrando dentro de mim por
sua causa.

Aquela sombra, minha sósia, num vaivém procurando sustento,
tagarelando, zoando,
Quantas vezes me encontro parado, observando para onde ela esvoaça,
Quantas vezes me pergunto e duvido se na verdade sou eu;
Mas, entre meus amantes e cantando estas canções,
Oh, nessas horas nunca duvido de que sou eu mesmo.

Agora cheio de vida, compacto, visível,
Eu, com quarenta anos, no octogésimo-terceiro ano destes Estados,
Para alguém daqui a um século ou qualquer número de séculos,
Para você que ainda não nasceu, em busca de você.

Quando você ler nestes versos que eu estava visível, estarei invisível,
Agora é você, compacto, visível, entendendo meus poemas, em busca
de mim,
Imaginando como ficaria feliz se eu estivesse com você e fosse seu
companheiro;
Que seja como se eu estivesse com você. (Não tenha tanta certeza,
mas agora estou com você.)

Livro impresso na gráfica Forma Certa em papel off white 90 m/g² (miolo) e cartão 250 m/g² (capa). Composto em Garamond.